LEKTÜRE HILFE

Im Schatten der blühenden Mädchen

Marcel Proust

LEKTÜRE HILFE

Im Schatten der blühenden Mädchen

Marcel Proust

Verfasst von Irène Lazzari
Übersetzt von Gerda Fischer

MARCEL PROUST

FRANZÖSISCHER AUTOR

* 1871 in Paris geboren

* Gestorben 1922 in Paris

* Einige seiner Werke:

    ○ Du côté de chez Swann (1913), Roman

    ○ Albertine disparue (1925), Roman

    ○ *Die wiedergefundene Zeit* (1927), Roman

Marcel Proust stammte aus einer wohlhabenden und gebildeten Familie und besuchte schon früh aristokratische Salons, wo er Künstler und Schriftsteller kennenlernte. Schon als Kind war er gesundheitlich angeschlagen und litt zeitlebens unter schweren Atembeschwerden. Von seinem Familienvermögen profitierend, widmete er seine ganze Zeit dem Schreiben und begann 1907 mit der Arbeit an seinem Werk Auf der Suche nach der verlorenen Zeit (À la recherche du temps perdu). Dieses umfangreiche Romanwerk besteht aus sieben Bänden, die zwischen 1913 und 1927 veröffentlicht wurden, wobei die letzten vier Bände posthum veröffentlicht wurden. Die Romane von Marcel Proust sind gigantisch; Es umfasst mehr als zweihundert Schauspieler und bietet eine Reflexion über Zeit, affektive Erinnerung, die Funktionen von Kunst und eine Meditation über menschliche Emotionen wie Liebe, Eifersucht, Homosexualität und das Gefühl des Versagens. Aus all diesen Gründen hat sich Marcel Proust als einer der größten Schriftsteller des 20. Jahrhunderts etabliert und gilt weltweit als der repräsentativste Vertreter der französischen Literatur. Es gibt mehr theoretische Arbeiten über Proust als über jeden anderen französischen Schriftsteller, und sein posthumer Ruhm ist überwältigend.

IM SCHATTEN DER BLÜHENDEN MÄDCHEN

DIE ERSTE LIEBE UND DIE ERSTE LITERARISCHE ANERKENNUNG

- **Genre:** Roman

- **Bezugsausgabe:** À l'ombre des jeunes filles en fleurs, Paris, Le Livre de Poche, 1992, 667 p.

- **Auflage:** 1919

- **Themen:** Adel, Gesellschaft, Liebe, Eifersucht, Kunst, Schreiben, Erinnerungen, Krankheit

Im Schatten der blühenden Jungfrau ist der zweite Band des Romans Auf der Suche nach der verlorenen Zeit, der aus sieben Bänden und dreitausend Seiten besteht. Der 1919 veröffentlichte Roman wurde im selben Jahr mit dem Prix Goncourt ausgezeichnet und markierte den Beginn einer prestigeträchtigen Anerkennung, die im Laufe der Zeit immer größer wurde. Der Roman setzt die Geschichte des ersten Bandes Du côté de chez Swann getreu fort, enthält also die gleichen Charaktere und fügt neue hinzu.

Die Frage, ob es sich um eine Autobiografie handelt, wurde oft diskutiert, da der Erzähler einige Ähnlichkeiten mit Marcel Proust aufweist. Die Geschichte wird aus der Innenperspektive erzählt, d.h. H. mit dem Personalpronomen „ich", und der Erzähler heißt nicht nur Marcel, sondern ist auch ein kränklicher Schriftsteller, der aus einer wohlhabenden Familie stammt und die aristokratischen Salons der damaligen Zeit frequentierte. Proust hat jedoch immer deutlich gemacht, dass Schriftsteller und Mensch zwei unterschiedliche Wesen sind und dass es sehr kurzsichtig wäre, in seinem Werk eine autobiografische Intention zu sehen. Ein Jahrhundert später wird À l'ombre des jeunes filles en fleurs dank Dutzender Übersetzungen immer noch auf der ganzen Welt gelesen und bleibt einer der großen Klassiker der französischen Literatur.

ZUSAMMENFASSUNG

Der Roman ist in zwei Teile gegliedert. Der erste, „Autour de Mme Swann", beschreibt die Beziehungen des Erzählers zu Persönlichkeiten der Pariser Gesellschaft, insbesondere zu Gilberte Swann, für die er eine allmählich schwindende Liebe empfindet. Im zweiten Teil « Nom de pays: Le pays » lässt er sich in Balbec nieder und lebt ein sehr einsames Leben, bis er junge Mädchen trifft, mit denen er sich anfreundet. Eine davon, Albertine, interessiert ihn.

ALLES ÜBER MRS. SCHWAN

Die Eltern des Erzählers erhalten Besuch von Monsieur de Norpois. Marcel ist zu diesem Zeitpunkt ungefähr fünfzehn Jahre alt, aber er hört dem Besucher aufmerksam zu, während er von Monsieur und Madame Swann erzählt, Freunden, von denen sich seine Eltern im Laufe der Zeit entfernt haben. Marcel, der heimlich in ihre Tochter Gilberte verliebt ist, deutet Monsieur de Norpois an, dass er gerne von den Swanns empfangen werden würde, aber dieser scheint nicht zu reagieren. Sie sprechen ausführlich über Bergotte, einen bekannten Schriftsteller, den Marcel sehr bewundert, obwohl Monsieur de Norpois diese Bewunderung nicht teilt. Es entsteht eine Diskussion über Marcels Zukunft, da seine Eltern wollen, dass er eine diplomatische Laufbahn einschlägt, während der junge Mann ein Talent zum Schreiben hat und eher eine literarische Zukunft anstrebt. Marcel hat jedoch Zweifel, da seine

Motivation schwankt, aber er ist beruhigt, dass ein großes Familienerbe – das seiner Tante Léonie – ihn immer vor der Armut bewahren wird.

Bei seinen Spaziergängen auf den Champs-Élysées flirtet Marcel mit Gilberte Swann und sucht ständig den Kontakt zum Körper dieser jungen Frau, die er so sehr liebt und die ihn auch zu lieben scheint. Der Erzähler spürt die ersten Symptome von Asthma, einer Krankheit, die ihn sein ganzes Leben lang plagen wird, und erlaubt Dr. Treating Cottard, einem sehr ungebildeten Mann, der auf seinem Gebiet sehr bekannt ist, der Marcel leider eine Behandlung anbietet, die leider nicht sehr ist zunächst wirksam.

Marcel ist überglücklich, als Gilberte ihn einlädt, ihre Eltern, die Swanns, zu besuchen, deren Ruf aufgrund ihrer republikanischen Zugehörigkeit schwindet. Mit ihnen trifft er auf Bergotte, den herausragenden Schriftsteller, den er so sehr bewundert, aber von seinem Aussehen, seinem Auftreten und seiner seltsamen Art zu sprechen unangenehm überrascht ist. Dieser bemerkt Marcels scharfen Verstand und sein Potenzial und kümmert sich unter den bewundernden Augen seiner Eltern besonders um den jungen Mann. Die Besuche werden daher immer fleißiger.

Zusammen mit seinem Freund Albert Bloch, einem jungen Mann, der Marcels Familie missfällt, besuchen sie ein sehr mittelmäßiges Bordell, in dem der Erzähler Rachel, eine der Bewohnerinnen, trifft. Gilberte ärgert sich zunehmend über Marcels häufige Besuche bei ihr und möchte die Beziehung beenden, indem sie die

Beziehung auf eine reine Korrespondenz beschränkt, was Marcel sehr betrifft. Als dieser feststellt, dass Gilberte mit einem jungen Mann zusammen ist, wird er von starker Eifersucht erfasst und macht sich auf den Weg, um sich mit Prostituierten zu trösten.

NAME DES LANDES: DAS LAND

Zwei Jahre sind zwischen den beiden Teilen der Geschichte vergangen und Marcel ist mit seiner Großmutter, die er sehr liebt, nach Balbec gefahren, um sein Asthma zu behandeln. Sie wohnen im Grand Hotel in Balbec, in einem ihm unbekannten Zimmer, in dem er sich nur schwer zurechtfindet, aber er ist von der Nähe des Ozeans und der Geselligkeit der Mahlzeiten am Wasser auf der Veranda begeistert. Die Schüchternheit des jungen Mannes hindert ihn daran, Sympathie für junge Leute zu entwickeln, die er gerne treffen würde. Durch ein Missverständnis lernt er Madame de Villeparisis kennen, die Geliebte von Monsieur de Norpois, einer sehr liberalen Frau mit weitem Horizont, die ihn bezaubert. Als Albert Bloch jedoch Marcel in Balbec besucht, versucht er, die beiden zu trennen, indem er abwechselnd schlecht über den einen und den anderen spricht.

Seit seiner Ankunft ist Marcel einer Gruppe junger Mädchen aufgefallen und fühlt sich von einer von ihnen wegen ihrer Schönheit besonders angezogen. Er führt ein sehr chaotisches Leben, geht früh morgens ins Bett, rechtfertigt seine Faulheit aber mit seiner schlechten Gesundheit. Er trifft Elstir, einen bekannten Maler. Durch ihn lernt er Albertine kennen, das Mädchen, das er seit langem beobachtet, und Andrée und Gisèle, ihre Freundinnen. Marcel verbringt so viel Zeit mit dieser Gruppe von Mädchen, dass er sogar seine Großmutter vernachlässigt. Gemeinsam gehen sie an den Strand und ins Casino des Hotels, um sich zu amüsieren; Marcel ist vollkommen glücklich.

Bei einem Imbiss mit Freunden überreicht Albertine ihr einen kleinen Zettel mit der Aufschrift « Je vous aime bien ». Später, als das Mädchen eine Nacht im Grand Hotel verbringen soll, lädt sie Marcel ein, sie in ihrem Zimmer zu besuchen. Der junge Mann ist euphorisch über diesen Vorschlag und versucht sie zu küssen, während sie auf dem Bett liegt, aber er wird schroff zurückgewiesen. Fortan kehrt er ihr für eine Weile den Rücken zu und richtet seine Aufmerksamkeit auf Andrée, in der Hoffnung, in Albertine Eifersucht zu erregen.

Die Saison neigt sich dem Ende zu, die Zimmer im Grand Hotel leeren sich nach und nach, das Casino schließt und das Wetter wird regnerisch. Die Mädchen, angeführt von Albertine, verlassen Balbec und lassen Marcel immer mehr allein, bis er sich schließlich entscheidet, nach Paris zurückzukehren. All seine Bemühungen, ihr näher zu kommen, waren vergebens und Marcel hat einen bitteren Beigeschmack.

UNTERSUCHUNG DER CHARAKTERE

MARCEL, EIN ERZÄHLER, DER KUNST UND LIEBE BRAUCHT

À l'ombre des jeunes filles en fleurs ist eine in der ersten Person geschriebene Erzählung, d. H. Emotionen, Gefühle und Beschreibungen werden durch dieses „Ich" erlebt und beschrieben. Der Ich-Erzähler, der Held des Romans, heißt Marcel und befindet sich in diesem Band im späten Jugendalter. Sein Eintritt in die Welt der Erwachsenen ist von klaren Ambitionen geprägt, denn er möchte Künstler und insbesondere Schriftsteller werden. Aufgrund seiner Jugendsorgen wird er jedoch stark von der Suche nach Liebe geplagt und seine Anziehungskraft auf junge Mädchen nimmt einen großen Teil seiner Gedanken ein.

Marcel ist von Natur aus sehr neugierig und hört gerne den Gesprächen seiner Umgebung zu, um zu erfahren, wie das Leben in der Gesellschaft funktioniert. Er ist sehr ehrgeizig und möchte aufgrund seiner Zuneigung zu Gilberte, der Tochter von Monsieur Swann, und aufgrund seiner großen Bewunderung für ihren Vater Charles Swann in das soziale Umfeld seiner Eltern und insbesondere in die Familie Swann integriert werden. Er ist ein wohlhabender, eleganter, diskreter Dandy und Kunstkenner, der eng mit der Pariser Aristokratie verbunden ist. Marcel interessiert sich sehr für Swann und später auch für die Künstler, die Swann bei sich zu Hause aufnimmt, wie z. B. die Schriftstellerin Bergotte.

Marcel ist auch ein junger Mann, der sehr an den Erinnerungen an seine Kindheit und Jugend hängt, und seine Fantasie ist äußerst fruchtbar, besonders wenn er verliebt ist. Seine Sensibilität und Schüchternheit hindern ihn manchmal daran, seinen Platz unter den Menschen zu finden, mit denen er interagiert, insbesondere unter Gleichaltrigen. Weil er an Asthma leidet, das seinen Alltag beeinträchtigt, flüchtet er sich manchmal hinter diese Krankheit, um seine Faulheit zu legitimieren. Andererseits ist er durch sein Familienvermögen vor prekären Verhältnissen geschützt und möchte sein Leben dem Schreiben widmen.

Aus sentimentaler Sicht ist Marcel ein sehr eifersüchtiger Charakter, der keine Konkurrenz duldet und Schwierigkeiten hat, Frauen zu vertrauen. Er zweifelt sehr an der Aufrichtigkeit der Frauen, insbesondere Albertines, die er einem Verhör unterzieht, um ihren Tagesablauf, Gegenwart und Vergangenheit herauszufinden. Er spioniert sie aus und überhäuft sie mit Geschenken, in der Hoffnung, ihre Fügsamkeit zu erkaufen.

CHARLES SWAN

Die Figur von Charles Swann ist im vorherigen Band (Du côté de chez Swann) sehr präsent und bleibt während des gesamten Zyklus allgegenwärtig, insbesondere in À l'ombre des jeunes filles en fleurs. Er ist ein wohlhabender

Dandy, der ein Schloss in der Nähe von Combray besitzt und mit der Pariser Aristokratie und den Künstlern und Schriftstellern seiner Zeit verbunden ist. Es ist nicht bekannt, dass er beruflich tätig war, außer dass er eine Biographie eines flämischen Malers verfasste, die unvollendet blieb. Er war natürlich sehr charmant und verkörperte den Charakter eines wohlhabenden Dandys, was Marcel sehr gefiel. Nachdem er zahlreiche Frauen erobert hatte, heiratete er Odette de Crecy, eine etwas opportunistische Halbweltdame. Ihre Heirat führte zu sozialem Abstieg, da sie beim Kleinbürgertum und bei Marcels Eltern sehr schlecht aufgenommen wurden.

Er ist sich der Ablehnung seiner Frau bewusst und löst sich von ihrer Gesellschaft, wenn er an gesellschaftlichen Abendessen teilnimmt oder in Gesellschaft ist. Während er in Combray sehr diskret war, führte er in Paris ein glamouröses Leben und verkehrte mit den größten Berühmtheiten.

Proust wurde von der realen Person Charles Hass inspiriert, einem seiner Zeitgenossen, der literarische Salons besuchte. Der ebenfalls wohlhabende Jude führte ein glanzvolles Leben ohne Arbeit.

GILBERTE, EINE GRAUSAME ERSTE LIEBE

Gilberte ist die Tochter von Charles Swann und Odette de Crécy. Nachdem er lange von ihr gehört hat, träumt Marcel davon, sie kennenzulernen. Er traf sie zum ersten Mal bei einem Spaziergang auf den Champs-Élysées und diese Begegnung blieb ihm in Erinnerung.

Gilberte ist ein Teenager, der sich ihrer Schönheit und ihrer Wirkung auf Marcel bewusst ist. Von da an missbraucht sie ihren Charme, um mit den Gefühlen des jungen Mannes zu spielen, weist ihn zurück und bringt ihn dann zurück, um mit ihm im Haus der Familie einen Snack zu essen. Sie wird seiner häufigen Besuche schnell überdrüssig und gibt ihm das Gefühl, nicht mehr gewollt zu sein. Während Marcel zu Recht glaubt, dass die Eltern des Mädchens sie sehr schätzen, erwidert das Mädchen, dass ihre Eltern ihn nicht mögen und sogar froh wären zu wissen, dass ihre Tochter ihn nicht mehr sieht.

Die junge Frau ist von Natur aus ziemlich charismatisch und mag es, Männern zu gefallen. Viel später erfährt Marcel durch Gilbertes Dienstmädchen, dass Gilberte während ihrer Beziehung mit der Erzählerin sehr häufig mit einem anderen Mann zusammen war. Gilberte behandelt Marcel wie ein verwöhntes Kind und ihre Beziehung verschlechtert sich so sehr, dass sie sich schließlich auf ein paar Briefe beschränken. Marcel hofft, dass Gilberte ihn schließlich bitten wird, zurückzukehren, aber sie tut es nie. Als sie Marcel ein letztes Mal zu sich nach Hause einlädt, um ihn mit Geschenken zu versöhnen, liegt Gilberte am Arm eines anderen jungen Mannes in der Nähe des Treffpunkts.

In „Auf der Suche nach der verlorenen Zeit" verkörpert die Figur der Gilberte die erste Liebe, mit der der junge Marcel konfrontiert wird, mit all ihrer Leidenschaft, aber auch Grausamkeit. Die Erfahrungen, die er mit Gilberte macht, sind mit viel Leid verbunden.

ALBERTINE, EIN SCHÖNES RÄTSEL

Albertine Simonet ist ein junges Mädchen aus dem Bürgertum. Marcel trifft sie zum ersten Mal in Balbec mit seiner Gang auf dem Fahrrad. Es ist eine wichtige Figur, da sie in allen anderen Bänden von Auf der Suche nach der verlorenen Zeit wieder auftaucht. Der Erzähler beschreibt sie ausführlich, nachdem er sie regelmäßig von ihrem Hotelzimmer aus beobachtet hat. Ihre körperliche Erscheinung ist rätselhaft, wie dieser beschreibende Auszug zeigt:

> Manchmal war nur ihre Nasenspitze rosa in ihrem weißen Gesicht, so zart wie die einer verräterischen kleinen Katze, mit der man spielen wollte; manchmal waren ihre Wangen so glatt, dass ein winziger Blick über ihren rosa Lack schweifte, der durch die halboffene Kappe ihres schwarzen Haares zarter und nach innen gerichteter wurde; Manchmal erreichte die Farbe ihrer Wangen das Violettrosa von Alpenveilchen, und manchmal sogar, wenn sie einen Stau oder Fieber hatte, und machte dann den Eindruck einer kränklichen Qualität, die mein Verlangen auf etwas Sinnlicheres reduzierte, und ihr Blick drückte etwas Perverseres aus und ungesund links, das dunkle Purpur einiger Rosen, die ein fast schwarzes Rot hatten; und jede dieser Albertinas war anders, ebenso wie jede der Erscheinungen der Tänzerin anders ist, deren Farben, Form und Charakter sich nach den unzähligen verschiedenen Spielen eines Lichtprojektors verändern. (S. 586-587)

Albertine ist sehr intelligent und hat einen guten Geschmack in Malerei und Kleidung. Der Erzähler hält sie jedoch für schlecht erzogen und frech und kann ihrer Umgangssprache nichts entlocken. Tatsächlich verwirrt ihn beim zweiten Date ein rauer Ton, den er von ihr nicht kannte. Er ist auch sehr besorgt über die Möglichkeit, dass sie schwul sein könnte. Im Casino zum Beispiel führt Albertine mit ihrer Freundin Andrée einen ziemlich lasziven Tanz auf. Ihre Beziehungen zu ihrem Freundeskreis werden als angespannt empfunden und Marcel zweifelt zunehmend an ihrer Moral und den Täuschungen, zu denen sie fähig ist. Außerdem äußert Albertine gelegentlich Antisemitismus, vor allem wenn sie sagt, dass sie Marcels Freund Bloch wegen seiner jüdischen Herkunft und später auch seine Schwestern verabscheue.

Eine Charaktereigenschaft teilt Albertine mit Gilberte, denn auch sie ist in Sachen Verführung ziemlich verwirrend: Als sie Marcel in ihr Schlafzimmer einlädt und er versucht, sie zu küssen, wehrt sie sich vehement. Auch sie ist sich der Lust bewusst, die sie in einem Mann wecken kann und spielt damit.

BERGOTS OHNE ZU ERSCHEINEN

Bergotte ist eine bekannte Schriftstellerin, die Marcel zum ersten Mal bei den Swanns trifft. Ein sanfter Mann mit einer großen Freundlichkeit, er widmet sich dem jungen Mann. Dieser bewundert ihn trotz seiner Eifersucht, die er verspürt, als er erfährt, dass Bergotte und Gilberte oft gemeinsam alte Denkmäler besuchen.

Bergotte wird von Monsieur de Norpois überhaupt nicht geschätzt; Er kritisiert ihn ständig und stellt seine literarischen Qualitäten und seine Intelligenz in Frage, weil er seiner Meinung nach verwirrt, manchmal vulgär und seine Bücher langweilig ist. Beeinflusst von Monsieur de Norpois ist auch Marcels Vater sehr streng mit ihm, wird aber plötzlich weicher, als Begrotte Marcels Intelligenz lobt.

Marcel ist sehr überrascht von seiner körperlichen Erscheinung, die weit von seiner Vorstellung entfernt ist: Er ist klein, gedrungen, kurzsichtig, hat eine rote Nase und trägt einen schwarzen Spitzbart. Überrascht ist er auch von seiner Stimme, die völlig anders wirkt als seine Art zu schreiben. Übrigens sagt Marcel über ihn: « Bergotte n'avait pas l'air d'un Bergotte » (S. 167) und zeugt damit von der Dekonstruktion der fantasievollen Darstellung dieses bewundernswerten Schriftstellers.

Obwohl Bergotte keine sehr prominente Figur in dem Roman ist, ist er dennoch wichtig, da seine Ermutigung Marcel dazu veranlasst, sich zu entscheiden, ebenfalls Schriftsteller zu werden, und den Traum seiner Eltern, eine diplomatische Karriere zu verfolgen, aufzugeben. Bergotte kehrt im zweiten Teil des Romans zurück: Er besucht Marcel, seine Mutter und Großmutter im Grand Hotel in Balbec.

ELSTIR, IMPRESSIONISTISCHER MALER

Elstir ist ein bekannter Maler, der mit Charles Swann befreundet ist. Marcel trifft ihn zum ersten Mal in Balbec und ist so beeindruckt von seinem Talent, dass er ihm beim Abendessen einen Brief schreibt, in dem er begeistert seine Bewunderung ausdrückt und um Erlaubnis bittet, ihm die Ehre zu erweisen.

Elstir verkörpert Talent und Begeisterung: Eine Anekdote besagt, dass er mitten in der Nacht ein Model ans Meer brachte, damit sie nackt im Mondlicht posieren konnte. Marcel ist überaus glücklich und berührt von Elstirs

Großzügigkeit, als dieser ihn zu einem Besuch in seinem Atelier einlädt. Dort macht Marcel eine verblüffende Entdeckung, als ihm klar wird, dass eines seiner alten Gemälde Odette de Crecy, die zukünftige Frau von Charles Swann, zeigt.

Es ist Elstir, die auf Bitten von Marcel den Erzähler Albertine vorstellt.

SCHLÜSSEL ZUM LESEN

PROUST AND THE BIOGRAPHY

Auf der Suche nach der verlorenen Zeit ist ein Roman-zyklus, der ein Zeitkontinuum darstellt, das von Kindheitserinnerungen in Combray bis zum Erwachsensein und Leben in Paris reicht, und in dem fast dreitausend Charaktere miteinander interagieren. Trotz der starken Ähnlichkeiten, die der Erzähler mit dem Autor teilt, hat Proust immer alle autobiografischen Ambitionen verneint. Seine Korrespondenz von 1909 – ein Jahr nach Beginn der Arbeiten am ersten Band – offenbart eine gewisse Zweideutigkeit, wenn er von „einem ganzen langen Buch", „kein Roman", aber dennoch „einem Roman" oder „einem wichtigen Werk (sagen wir mal ein Roman, weil es eine Art Roman ist)".

Es ist schwer, die grundlegenden Unterschiede zu ignorieren, die zwischen dem Marcel, den man liest, und dem Marcel, den man schreibt, bestehen: Ersterer ist weder jüdisch noch homosexuell. In À l'ombre des jeunes filles en fleurs ist Balbec übrigens eine imaginäre Stadt. Tatsächlich wird Balbec als Badeort in der Normandie beschrieben und Marcel Prousts Aufenthalte in Cabourd inspirierten ihn stark zur Schaffung dieser neuartigen Stadt.

Benoit de Sainte-Beuve, ein berühmter Kritiker aus der Mitte des 19. Jahrhunderts, erklärte, dass das Werk eines Schriftstellers ein Echo seines Lebens ist und dass man, um es zu verstehen, den Autor und sein Leben studieren muss. Diese Methode der Annäherung an Texte basierte also auf der Suche nach poetischer Intention – auch Intentionismus genannt – und einer biografischen Lektüre. Nun antwortet Marcel Proust in seinem berühmten Essay Contre Sainte-Beuve:

> Sainte-Beuves Werk ist kein profundes Werk [...] diese Methode verkennt, was uns der etwas tiefere Umgang mit uns selbst lehrt: dass ein Buch das Produkt eines anderen Ich ist als das, das wir in unseren Gewohnheiten kennen, in Gesellschaft, manifestieren sich in unseren Lastern. [...] Zu keiner Zeit scheint Sainte-Beuve verstanden zu haben, was an Inspiration und literarischem Schaffen so besonders ist und was es völlig von den Bestrebungen anderer Menschen und den anderen Bestrebungen des Schriftstellers unterscheidet.

Hast Du gewusst?

Als Marcel Proust seinen ersten Band – Du côté de chez Swann – vorstellte, wurde sein Manuskript von allen Pariser Verlegern abgelehnt! Daraufhin entschloss er sich, seine 712 Seiten im Selbstverlag zu veröffentlichen – d.h. H. finanzierte er die Veröffentlichung selbst – sie soll bei Grasset erscheinen.

DAS PORTRÄT DES BLUMENMÄDCHENS

Proust ist ein Schriftsteller, der großen Wert auf das Beschreibende in seinen Werken legt. Er stand den Malern seiner Zeit – insbesondere Pablo Picasso – nahe, war ein Kunstliebhaber und ein häufiger Gast in den Pariser Salons. In seinen Romanen untermalt er seine

Werke mit zahlreichen Momenten der Kontemplation oder mit Bezügen zu realen oder fiktiven Kunstwerken. Die Figur Elstir in Der Schatten der blühenden Jungfrau wurde von impressionistischen Malern wie Claude Monet, Édouard Manet und Auguste Renoir inspiriert. Proust selbst strebt bei der Darstellung einer Figur eine sehr umfassende Beschreibung an, sowohl bei der Beschreibung eines Gesichts als auch eines Körpers.

Portraits wechseln

Die Beschreibungen werden durch lesbare Porträts ersetzt, die wie ein Maler die körperlichen Merkmale der Person zeigen, manchmal mit Begriffen aus der Welt der Malerei. Dies gilt insbesondere für das Porträt von Rachel, der Prostituierten, die er in einem Bordell trifft, deren schwarzes Haar „unregelmäßig ist, als ob es durch Schraffieren in einem Lavis mit chinesischer Tinte angedeutet würde". Als Marcel Albertine beschreibt, wie sie am Meer steht, vergleicht er ihr Profil mit dem der Frauen von Paul Veronese, einem italienischen Maler des 16 Andere. Proust wählt das Bild der Melusine nicht nur, um dieses Motiv oberflächlich zu erwähnen: Melusine ist eine Schlangenmenschin, die mit dem biblischen Mythos der Erbsünde verbunden ist.

Diese Tendenz, Literatur mit Malerei zu vermischen, wirkt sich jedoch nicht nur auf die Charaktere aus. In vielen Momenten vergleicht der Erzähler Orte, die er entdeckt, mit Szenen aus Gemälden. Dies ist der Fall, als Marcel zum Essen in die Swanns eingeladen wird und Gilberte ihn in den Speisesaal führt: « Et elle nous fait entrer dans la salle à manger, sombre comme l'intérieur d'un Temple asiatique peint par Rembrandt ».

Die Szenen, in denen eine neue Person auftaucht, bieten dem Erzähler Gelegenheit, ein Porträt zu zeichnen. In diesem Sinne ist Marcel ein Ästhet, der das Schöne im Alltäglichen sucht, und À l'ombre des jeunes filles en fleurs ist besonders repräsentativ für diese Neugier und Anziehungskraft auf das weibliche Geschlecht, da die Erzählung in seiner Jugend spielt, d. H. zu einer Zeit, in der der junge Mann beginnt, Lust und Faszination für das andere Geschlecht zu verspüren.

Übrigens erzählt Marcel von jenen Momenten, in denen er versucht, die Schönheit des geliebten Menschen einzufangen und zieht eine Parallele zwischen der beobachteten Person und der erinnerten Person

> „Die suchende, ängstliche und fordernde Art, wie wir die Person, die wir lieben, betrachten, unser Warten auf das Wort, das uns die Hoffnung auf ein Date am nächsten Tag gibt oder nimmt, und bis dieses Wort gesprochen wird, unser abwechselndes, wenn nicht gleichzeitiges, Vorstellungen von Freude und Verzweiflung – alle lassen unsere Aufmerksamkeit vor dem geliebten Menschen zittern, um sich ein klares Bild von ihnen zu machen. Vielleicht diese Aktivität aller Sinne auf einmal, die versuchen, sich mit dem zu arrangieren, nur zu sehen, was hinter ihnen liegt nachsichtig mit den tausend Formen, allen Geschmäckern, den Bewegungen der lebenden Person, die wir, wenn wir nicht verliebt sind, normalerweise stillstehen lassen. S.103)

Marcel schließlich sitzt in erhabener Stimmung mit Albertine am Feuer, und ihr rundes Gesicht erscheint ihm so beweglich, dass er es mit den von Michelangelo gemalten Figuren vergleicht, die in einem „unbeweglichen, schwindelerregenden Strudel" mitgerissen werden.

Hast Du gewusst?

Marcel Proust ist als Schreiber sehr langer Sätze und eines ausgefeilten Stils bekannt, und es gibt sogar ein Adjektiv, das von seinem Namen abgeleitet ist, um eine langatmige Schreibweise zu beschreiben. Tatsächlich kann ein komplizierter Satz, der viele Nebeneinanderstellungen enthält, als „Proustscher" Satz bezeichnet werden. Kein Wunder, wenn man bedenkt, dass der längste Satz in Sodom und Gomorra, dem vierten Teil von La Recherche, 856 Wörter umfasst!

SATIRE DER BÜRGERSCHAFT UND ARISTOKRATIE

Der Roman spielt in der bürgerlichen Gesellschaft des frühen 20. Jahrhunderts und viele der Charaktere stammen aus der Aristokratie. Marcel Proust selbst stammte aus einer wohlhabenden, hochgebildeten Familie, die gut in die gesellschaftlichen Salons integriert war, aber er beschreibt diese Gesellschaft manchmal ironisch und praktiziert sogar Satire, d.h. H. eine spöttische Kritik an der Heuchelei, die in diesem gesellschaftlichen Bereich herrscht.

Bedingte Bewunderung

Sanft beginnt der Erzähler mit einer Anekdote über seine Eltern, die sich zunächst über den Umgang ihres Sohnes mit der für sie mittelmäßigen Schriftstellerin Bergotte ärgern, dann aber plötzlich Bewunderung ausdrücken, als dieser Marcels Intelligenz lobt. Als Eltern, denen ihr Image wichtig ist, möchten sie von Menschen umgeben sein, die sie wertschätzen.

Was gesagt wird?

Als Monsieur Swann Odette de Crécy heiratete, war das Kleinbürgertum sehr skeptisch gegenüber dieser nur halbwegs modischen Frau. Aufgrund dieser Ehe distanzieren sich Marcels Eltern von Monsieur Swann. Er selbst ist sich des sozialen Abstiegs bewusst, den er durch seine Frau erleidet, und geht allein zu den Empfängen, zu denen er eingeladen wird, um nicht dem Spott anderer ausgesetzt zu sein.

Die Adelstitel

Proust verwendet eine komische Technik, um die Absurdität von Adelstiteln zu zeigen. Als der Erzähler mit Françoise, der Köchin seiner Tante Léonie, über die Champs-Élysées geht und sie auf die Toilette gehen, beginnt eine alte Dame „mit Gipswangen und roter Perücke" ihn anzusprechen. Françoise enthüllt dann, dass diese « Madame Pipi » tatsächlich eine Marquise der Familie de Saint-Ferréol ist. Die Komik der Situation ergibt sich aus der eklatanten Diskrepanz zwischen dem Status der alten Dame, ihrem unkonventionellen Aussehen und ihrer Arbeit. Übrigens verwendet Proust Anführungszeichen, wenn er von dieser Marquise spricht, um die Täuschung zu veranschaulichen.

Als der Erzähler eine Blutprinzessin erwähnt, die regelmäßig bei Madame de Guermantes diniert, bedauert er, dass sie nur wegen ihres Titels und nicht wegen ihres Geistes eingeladen wird. Marcel fügt sogar hinzu: „Aber mit der Naivität der Menschen dieser Welt stellte man sich von dem Moment an, als man sie erhielt, vor, sie angenehm zu finden, weil man sich nicht sagen konnte, dass man sie erhielt, weil man sie angenehm fand" (S. 127). So prangert Proust den hohlen Archaismus modischer Menschen an, sich nur wegen ihrer Titel mit Menschen zu umgeben.

In Balbec wird Marcel Zeuge der Ankunft der Prinzessin von Luxemburg, die in einer Kutsche vorfährt und ihm die Hand schüttelt. Sie füllt die Taschen des jungen Mannes mit Zuckerstangen und kleinen verschnürten Päckchen. Trotz seines jungen Alters bemerkt Marcel die herablassende Art der Prinzessin, die mit jemandem, der sie beschützt, unter einem Regenschirm spazieren geht.

MISSVERSTÄNDNIS VON LIEBE UND ÜBERMÄSSIGE EIFERSUCHT

Marcel ist also ein Jugendlicher, der sich mit emotionalen Problemen und sexuellen Begierden auseinandersetzt. Als Monsieur de Norpois zu Beginn des Romans die Familie Swann erwähnt, erinnert sich Marcel an die junge Gilberte und denkt in seinem Erinnerungsprozess speziell an sie. Als er sie dann auf den Champs-Élysées sieht, muss er die idealisierte Darstellung seiner Fantasien mit der jungen Frau, die er ansieht, konfrontieren und ist enttäuscht, als hätte die Fantasie sein Verlangen nach ihr zu sehr genährt und die objektive

Realität eingeholt auf mit ihm. Dennoch verspürt er ein enormes Verlangen nach Gilberte und während sie zusammen spielen, kann er nicht anders, als den Kontakt zu ihrem Körper zu suchen. Die Hände wandern bereits und die Lust des jungen Mannes steigt, je mehr sich die Körper berühren.

Eine schwierige Suche

Marcels Liebe entspringt zunächst einem Gefühl der Frustration, die die Intensität des Gefühls verstärkt: Bei Gilberte führt die Frustration, sie nicht früher zu treffen, zu zahlreichen Fantasien, während bei Albertine die Tatsache, dass sie tagelang am Strand beobachtet wird führt dazu, dass es dazu beiträgt, es zu einer Suche zu machen, die es sich anzueignen gilt. In der Liebe ist Trost ausgeschlossen. Als Marcel in ein Bordell geht und eine der Insassen, Rachel, trifft, hat er keine Freude daran, diese bereits angebotene Frau für sich zu gewinnen. Die Stärke der Liebe kommt unweigerlich von der Schwierigkeit, das zu bekommen, was er sich wünscht.

Die Annäherung an Gilberte macht ihn glücklich, da sie ein Vorbote einer zukünftigen Liebesaffäre ist, aber als er spürt, dass sie sich entfernt, ist er noch entschlossener, sie für sich zu gewinnen. Als sich ihre Beziehungen auf Briefe unter Gilbertes Willen beschränken, zeigt Marcel seinen Stolz, indem er hofft, dass sie es ist, die um seine Rückkehr bittet. Dieser Wunsch, bei ihr zu sein, wird zu einer Quelle des Leidens.

Albertine geht ähnlich vor, denn die junge Frau scheint mit Marcel Katz und Maus zu spielen, was ihn unweigerlich ärgert. Seine Enttäuschung ist noch größer, als er in ihr Schlafzimmer gebeten wird und sie sich trotz der Situation weigert, ihn zu küssen.

Verzehrende Eifersucht

Marcel verspürt sowohl von Gilberte als auch von Albertine eine verzehrende Eifersucht, die sein Wohlbefinden und die aufkeimende Komplizenschaft, die er mit den jungen Frauen teilt, beeinträchtigt. Er fragt Gilberte ständig nach ihren Dates, versucht ihren Tagesablauf herauszufinden und ist ihr gegenüber misstrauisch. Als er sie mit einem anderen jungen Mann sieht, geht er in ein Bordell und versucht, sie zu vergessen.

Im Fall von Albertine wird der Erzähler von vielen Fragen zu ihrer Moral geplagt, da er sie verdächtigt, mit den Freunden ihrer Clique sexuelle Beziehungen zu haben. Seine Eifersucht und Besitzgier gegenüber Gilberte finden jedoch eine greifbare Grundlage, als er viel später erfährt, dass sie sich öfter mit einem anderen Mann getroffen hat als er. Einmal mehr zeigt Marcel Stolz und Manipulation gegenüber Albertine, denn als sie ihn ablehnt, zieht er Andrée, seine Freundin, ihr plötzlich vor und hofft, dass sie diesen radikalen Wechsel bereuen wird.

STOFF ZUM NACHDENKEN

EINIGE FRAGEN, UM IHRE ÜBERLEGUNG ZU VERTIEFERN...

- Wer erkennt Marcel auf einem der Bilder in Elstirs Atelier? Was bedeutet das?

- Unter welchen Umständen traf Marcel Rachel?

- Warum macht sich Marcel über seine Großmutter lustig, wenn sie für ein Foto posiert, und was sind die Gründe der Großmutter, sich auf diese Weise verewigen zu lassen?

- Sind die beiden Teile des Romans voneinander abhängig?

- Wie geht Proust mit dem Thema Homosexualität um?

- Wie drückt der Erzähler seinen Stolz und seine Eifersucht aus? Was sind die Konsequenzen?

- Wie würden Sie den Stil von Marcel Proust beschreiben?

- Wo ist Balbec und was ist das Besondere an dem Grand Hotel, in dem er wohnt?

- Aus welchem Grund entscheidet sich Albertine für ein Zimmer im Grand Hotel?

- Was sind die Ähnlichkeiten und Unterschiede zwischen dem Erzähler und dem Autor?

- Warum will Marcel Bergotte treffen?

- Marcel bewundert Monsieur Swann sehr, warum?

- Was hält Marcel von Odette de Crécy?

WEITERFÜHRENDE INFORMATIONEN

REFERENZAUSGABE

PROUST M., À l'ombre des jeunes filles en fleurs (Im Schatten der blühenden Jungfrau), Paris, Le Livre de Poche, 1992, 667 p.

REFERENZSTUDIEN

Correspondance de Marcel Proust, aufbereitet, kommentiert und mit einem Vorwort von Philip Kolb, Paris, Plön, 21 Bde. 1970-1993; T. VIII, p. 250

ERMAN M., Le Bottin des lieux proustiens, La Table ronde, 2011

HENRY A., La Tentation de Proust, Paris, PUF, 2000

MIGUER-OLLAGNIER M., La Mythologie de Marcel Proust, Paris, Les Belles Lettres, coll. « Annales littéraires de l'Université de Besançon », 1982, 425 p.

PRIEUR J., Marcel avant Proust, gefolgt von Proust, Le Mensuel retrouvé, éditions des Busclats, 2012

TAMRAZ N., Proust Portrait Peinture, Paris, Orizons, coll. Universitäten/Domaine littéraire, 2010

VAGO D., Proust en Couleur, Coll. « Recherches proustiennes », Honoré Champion, 2012

VULTUR, I., Die Rezeption von La Recherche: eine Geschlechterfrage? unter https://www.cairn.info/revue-poetique-2005-2-page-239.htm [aufgerufen am 18. Oktober 2018].

ZAGDANSKY S., Le Sexe de Proust, Gallimard, 1994

Deine Meinung ist uns wichtig!
Hinterlasse doch einen Kommentar auf der Seite
unserer Online-Buchhandlung
und teile Deine Favoriten in den sozialen Netzwerken!

derQuerleser.de

Literatur auf den Punkt gebracht!

ISBN digitale Ausgabe: 9782808687010
ISBN gedruckte Ausgabe: 9782808698412
Pflichtexemplar: D/2023/12603/1121

Cover: © Plurilingua
Logo: © Graphicrepublic (Freepik.com) und Plurilingua

Digitale Aufbereitung: Primento, der digitale Partner der Herausgeber.